KB126484

라디오미르

류성훈
명지대학교 문예창작학과를 졸업하고, 동 대학원에서 박사 학위를 받았다.
2012년 『한국일보』 신춘문예를 통해 시인으로 등단했다.
시집 『보이저 1호에게』 『라디오미르』, 산문집 『사물들—The Things』 『장소들—The Places』를 썼다.

파란시선 0127 라디오미르

1판 1쇄 펴낸날 2023년 6월 1일
지은이 류성훈
디자인 최선영
인쇄인 (주)두경 정지오
펴낸이 채상우
펴낸곳 (주)함께하는출판그룹파란
등록번호 제2015-000068호
등록일자 2015년 9월 15일
주소 (10387) 경기도 고양시 일산서구 중앙로 1455 대우시티프라자 B1 202-1호
전화 031-919-4288
팩스 031-919-4287
모바일팩스 0504-441-3439
이메일 bookparan2015@hanmail.net

ⓒ류성훈, 2023, printed in Seoul, Korea

ISBN 979-11-91897-56-2 03810

값 12,000원

*이 책 내용의 전부 또는 일부를 재사용하려면 반드시 저작권자와 (주)함께하는출판
 그룹파란 양측의 동의를 받아야 합니다.
*잘못된 책은 바꾸어 드립니다.
*지은이와의 협의 하에 인지는 생략합니다.

라디오미르

류성훈 시집

시인의 말

진통제만 찾던 심해어들이
저인망에 무더기로 걸린다

차례

시인의 말

제1부

리페르셰이의 날

인간을 달에 보낸 후
거기 갈 수 있는 건
의미 몇 줄, 가로수 하나

모래언덕이 보이면 모래언덕이 온다
골목이 뿌연 안경알을 갈고

너,는 멀어진다는 뜻
이어도 좋은 때

튼튼한 삼각대를 구경하고
저녁을 먹었다

왕표연탄

당신 없이 오던 곳에, 당신과
훗날의 내가 옵니다 별 여유도 없이
떠나온 곳으로 가끔 도망치기도
도망쳐 온 곳으로 가끔 떠나오기도
거기 아직도 멀뚱히 선 절반의 나도
살았던 시간보다 갑절 오래된
지금의 나도 우수처럼 녹아 흘러 나갈 테지만
어려서 오르지도 못하던 고개 위에서
색깔만 아름다워진 옛 피란민촌을 보며
당신은 이렇게 예쁜 마을이 있던가 했고
나는 그들이 새 삶을 꾸렸던 연탄방도
여기 어디쯤이란 것만 알고 있었습니다
내가 다녔던 천주교 유치원이 있고
고개를 넘어가면 태어난 집이 있고
아직도 빨래가 벽화처럼 널려 있었습니다
왕표연탄이 없어진 지가 언젠데
그때 담벼락 이름에 그때 소금기, 나는
바람이 사람보다 오래 산다고 읽었지만
대규모 철거에 마을 화장실과 타일이
햇살에 드러나 반짝이는 걸 보곤

내 말에 아무런 확신도 못 가졌습니다
어찌 됐건 지금이 더 나은 삶, 왜
아직도 여기 서 있느냐고 물어도
돌아가신 외할머니 손만 붙드는 아이
이십여 년을 가던 중국집이
최고 흥행 영화의 배경으로 나온 후론
면발이 퉁퉁 불어서 나왔습니다
이젠 떠나지 않아도 된다 믿을 때는
가장 떠나야 할 때였습니다
아무도 없는 곳에서, 순간은 무슨
지나간 건 모두 찰나지,라고 말하며
나는 아무런 확신도 못 가졌습니다

아무것도 되지 말고

꿈에서 보았던 곳을 보면
그런 일이 늘다 보면, 실제로 본 것들이
전부 꿈이었구나 하면 슬픔과 반복이
같은 것이라고 여기게 되면

수많은 플라스틱 꽃들은
전부 어떻게 되었을까, 가다 가다
가던 이가 가고 가던 이에게 가다
더는 갈 수 없는 그곳에
천원마트에서 산 조화를 꽂으며
아직은 살아 있다고, 딱히 감사하진 않다고
말끔한 눈만 껌벅이던 그에게
말할 자신도 없으면서

너는 뭐 될래? 물음에
과학자,라고 대답하던 아이는
무엇도 되지 못한 아이는 이제
'다시는 태어나지 않는 것'이라 말했다
손을 씻으면 흐르는 꿈들
주워 담지 못할 파문에 대해

아무도 꺼내지도 화내지도 않았다

오래 살아야겠어
몹시 건강하게

라디오미르

바늘에 불빛을 바르다 천천히 녹아 버린 몸들이 있었다 어리지도 늙지도 않은 별, 너의 보이지도 않는 베어링 위에서 손과 붓은 같은 이름으로 칠해지는 곳을 향해 크고 텅 빈 가방을 둘러메곤 했다 시침보다 빠르고 분침보다 느린 곳에서 시간은 몰래 바그너의 LP 따위를 걸었을 것이다

연금술을 배울 거야, 지구 반대편에서부터 황금시대든 황금 알이든 본 적도 없는 책들처럼 우리는 반짝이는 어둠만 그리워하며 모래를 치웠지, 그건 모래가 아니라 죽은 기억의 뼈들이었고 알고 난 후를 환, 그 이전도 환이라고 부르는 우리의 발음들이 서로에게 침 냄새를 묻혀 갈 때, 밤이 땅의 반대편에서 지울 수 있는 것은 밤뿐이라 여겼다 복족류처럼 끈적한 발을 우주까지 들이밀어 봤다면 우리가 사랑한 것은 반짝이는 것보다 반짝인다는 말을 위한 혀의 원리였을 거야 우리는 구개음화 이전의 해돋이 앞에서 스스로 빛나는 것 하나와 스스로 빛나는 방법 열 가지를 읽었고 너는 고작 한 가지인 나를 열 가지 방법으로 꺼뜨려도 좋다고 생각했었다

결코 조용한 적 없는 저 밤은 너머,라는 이름의 나라를 그리워하도록 우리의 걸음들에 기관처럼 이름을 붙였고

이름과 아름다움은 구별되지 않는 세포였다 우리를 붓질하던 발음은 사실 밤이 아니라 밤의 기억이라는 저주, 서로라는 말은 왕복운동, 각자라는 말은 회전운동이었던 손바닥 위에서 우리는 여행 이전의 심장을 동력학적으로 퍼올린다 네가 애초 맞지 않는 잠옷의 다리를 자르려 했을 때 밤은 혀를 잃었고 나는 맛을 잃었지만 말은 얻었다고 생각했었다 이불 속 같은 바다에 빛을 보러 가기 위해 창틀에 말려 놓은 해를 나는 끝까지 못 본 척했었다

　해치를 열기 위해선 우선 닫아야 해, 녹아 버린 몸들이 너설을 걸어오던 선창 안에서, 물에 빠져 죽지는 마,라고 너는 내게 말했다

발등으로 걷기

한쪽 중족골이 더 튀어나온 채 굳은 후 내 모든 신발엔 제 짝이 없었다 산을 인연과 함께 오르고 매번 인연이 아닌 모습으로 내려올 때마다 한쪽 끈만 계속 풀리던 나는 갑자기 매듭법을 잊어버렸다

비 온 뒤의 땅은 항상 더 질척거려, 당신은 등산할 때 힘이 덜 들기 위해선 발바닥이 아니라 정강이로 걸으라고 알려 줬지만 내 밤의 뼈는 발등으로만 걸었으니 감히 힘 들 수도 없었다 마주 봐도 너는 너, 물 위에서도 너는 너였고 서로가 서로로 있는 건 긍정할 수도 부정할 수도 없을 때뿐, 나는 아무것도 몰라서 다행이었는데 당신은 어쩌면 그렇게 모르는 게 없을까

발은 있는데 정강이는 없는 하루
나는 내일 또 오라고 어두운 다짐을 받는다

간호사가 링거 바늘에 연결할 주사기를 놓친다 자유롭게 쏟아지는 피에게 안녕? 오랜만이야,라고 말하고 싶었지만 간호사와 바늘과 피는 서로 실수가 아니라고 잡아떼었다 그저 나 같지 않은 나를 내게서 쉽게 닦아 내는 것이 아쉬웠을 뿐 왜 그랬는지는 별로 중요하지 않았다 바늘이

꽂힌 채 모두가 평등하고 노랗게 컵에 담겨 차례를 기다
린 뒤에도 나는 아무와도 밝은 약속을 하지 않았다 다음
에는 아무 이유 없이 만나자고, 그냥 술 한잔하자고 말하
는 서로의 무게가 내성 발톱처럼 파고드는 밤, 나는 집까
지 두 시간을 걸었다

생각대로 눈이 오지 않는다

도로풍 아래서

안개와 구름이 어떻게 다르게? 구름은 중심이 더 불투명하고 안개는 모서리가 더 불투명하지 나는 밤의 뿌연 가장자리에 머리를 찧으며 몸을 떨었다

삶은 사랑하는 과정, 꿈은 사랑하지 않기까지의 과정, 음계가 없는 소리들이 차에서 내릴 때 우리는 정형화되지 않은 것을 자연, 그 반대를 인위,라고 배웠지만 흐린 창밖에서 너 이외의 자연이 내는 소리 같은 건 아무것도 들리지 않았다

너무 추우면 구름도 부서져 내렸고 치떨리게 맑은 달이 잠깐 보였다가 오늘은 없었다 한 해는 이걸로 끝이라는 말, 말은 지극한 인위에 불과했고 우리는 인위적인 미래만 저당 잡혀 왔다 새벽차를 잡는 너의 구두 소리가 밤에 대해 문학적인 변명을 늘어놓을 때 인연의 가장 큰 집합체도 우리 영혼의 인위도 모두 화학적으로만 해명하던 내 쪽이 항상 더 잔인해 보였다

반박이 어려운 말 뒤에는 반박이 어려운 하루가 오고, 체온마저 너는 떠나고, 내게는 그것마저 화학일 뿐이었다

잠든 뇌가 바라보는 무의식의 그림자와
장차 하고 싶거나 되고 싶은 무엇이

어째서 같은 단어일까

낙민동

    우리가 인식을 갖기 훨씬 이전부터 달은 있었으니 젖무덤을 파고들 듯 밤의 빛을 탐해 온 병자들에게 '난 아무 데도 가지 않는단다 너희 모두가 내 품에서 사라질 때까지는'과 같은 따뜻한 말이 이제는 감히 엄마,라고 부를 수도 없는 살결처럼 심야전력으로 비추지 못하는 곳에 하얗게 서서 보이지도 않는 조도로 살아 숨어드는 게 보여, 실수로 들어 올린 시선에 까마귀 같은 유성이 지나가도 아무 소원도 빌 생각을 못한 채 젖빛 유리창을 닫으면 눈치도 없이 추운 세상이 목제 폭풍에 휩쓸려 오다 다시 휩쓸려 돌아와 닫히는 모습을 볼 수 있으니 사물은 발에 박힌 가시를 못 찾은 채 아무리 어두운 수면 속에서도 잠들지 않는다는 걸 배우곤 내일 또 잊어버릴 것을 다짐하며 아직 젊고 다행스런 자위를 일삼는 이들이 크고 아름다운 거미줄을 빗자루로 걷어 내듯 멕시코만과 남태평양의 날벌레 등에서 팔을 휘젓기 시작할 때, 우리의 평온한 중심이 주변에 넓은 풍속을 몰고 오는 게 아니라 주변을 휘저어 놓으면 내가 그 태풍의 눈이 될 거라고 여기는 각자의 아픈 생각만큼 우리가 가진 순수함이 얼마나 사악함을 숨기고 있는지를 알면 선함이 얼마나 강력함을 필요로 하는지 깨닫게 되고 사람이 갑자기 말이 없어지거나 과거 혹은 기억 중 하나가 사라지거나 그 사람이 세상에서 갑자기 사라지는 것은 예고 없이 불어닥치는 봄과 다행한 듯 밝아 오는 오전 때문일 수밖에 없으니 날이 풀리면 저 달로 떠난 투신자 명단을 새로 뽑아 보자고 말하고픈 억울한 시간들을 아무도 남지 않은 집에 밀어 넣으면서, 비 오던 제탄공장 자리와 바다가 영영 보이지 않는 구들방에 아직도 서서 울고 있는 나를 부상자처럼 업고 나와 '폐선된 역에 귀신이 없는 이유는 역 자체가 영혼이기 때문이지'라는 투의 말을 늙은 내가 나무 문지방에 못을 고쳐 박으며 포옹 대신 속삭이기도 한 그날의 달이 한 번도 거짓말한 적 없는 얼굴로 거짓말만 하던 우리의 영혼에 피난 유도등을 아련히 비추곤 뻔뻔할 만큼 맑게 웃어 보인다

좀비영화에서 엑스트라의 팔을 자르는 고무 도끼 제작자의 심정으로

자전만 있고 공전은 없는 춤들
달을 따라 수없이 떠돌려 했지만
허리도 무릎도 가진 적 없는 행성들은
그런 춤을 본 적이 없었다

가장 큰 신전에는 상현도 하현도 있었고
우리는 그것들을 사랑하고
튼튼하게 떠받쳤지만, 재생되지는 않았다
콘덴서가 나가면 콘덴서를 갈고
사람이 나가면 사람을 갈고

죽었던 괴물들이 살아 돌아왔다
누구는 달을, 누구는 괴물을 사랑했고
달은 누가 괴물이건 그들을 사랑했지만
재생되지는 않았다
그렇게도 울고 웃던 영화 제목을 모르겠어
내가 네게서 갑자기 떠날까 두려울 때

용서받지 않아도 되는 나이
전구를 갈아 줄 사람이 필요해서

전구를 갈았다

괜찮아, 천천히 멀어질 뿐이지

히에로니무스의 올빼미

오전이 셔터를 깨워 올렸네 그렇게나 오래 버텨 왔는데, 녹 하나 피지 않은 철길이 원리보단 수사(修辭)로 금이 가고 있었지만 우리 예산과 영혼은 그런 걸 메우는 용도가 아니었다네 우리는 우리의 마음을 메워 냈으니 승리할 것이네, 고생했네, 알았으니 좀 꺼졌으면 좋겠네 그래도 녹이 잘 덮이면 녹이 더 진행되지 않는다는 말 한마디가 교수신문 올해의 사자성어보다 명석하게 들렸네 교환 시기를 훌쩍 넘긴 베어링은 아버지들처럼 부지런히 사라질 줄만 알았고 먹은 것 없이 배만 부른 수증기 앞에서 우리는 가야 할 곳이 없었네 그만 갔으면 좋겠고 그만 왔으면 좋겠지만 편지는 오지 않으면서 무수한 편지가 온다네 대체로 위법한 적 없기에 모든 게 불법이 되어 갔네 어떻게 오셨는지 모르겠지만 미납과 체납을 수식하기 위해 길어만지는 공적인 혀 놀림을 점점 아무도 읽지 않았네 읽지 않아서 문이 닫히고, 읽어도 닫히는 사람들을 수없이 보았네 눈이 부시도록 추워, 드라이아이스 같은 햇빛 아래서 살아남은 아이들은 발톱도 날개도 뿔도 없었지만 안심하지 않는 법과 과감히 포기하는 법과 날을 세우지 않고도 찌르는 법을 배운다네 마법이 과학에게 한 수 가르치려 하듯, 납빛 얼굴과 긴 뿔을 한 채 벽화 속에서 웃고 있는 악마들이 얼마나 순박한 존재들이었는지 알았고 순 엉터리 공식으로도 답을 얼추 맞췄으니 우리는 수긍한다는 표정으로 떨떠름한 입맛을 다셨네 수사를 통해 해야 할 것은 사실 원리에 가까웠지만 편지 속엔 잘린 혓바닥과 후벼진 눈알들만 담겨 있었네 애초 편지 따윈 있지도 않았으니 이건 편지가 틀림없네

고통에 대하여

―

문고리 고치다가
못 대신 손을 찍었는데

쇠 부품 하나 휜 것도
사람을 부르면, 새로 사 끼우면
나의 쓸모는 어디 있나

어제부터 아팠던 것처럼
새까맣게 오늘이 아프고
내일이 어떻게 아플지 보이는 건
고통이 고통보다 고통스러운 이유

아무것도 할 수 없이 나는
먹을 수도 잘 수도
깰 수도 없이
총기 난사 같은 기사를 보다
지구 반대편을 닫다, 깜짝
놀란다 아 이거 진짜 아파

―

전부 나 같은 것들 때문이야

라고 손끝으로 말한다

8절지 스케치북

7

집에 돌아오는 나는 과학적으로도 논리적으로도 내가 아니라는 걸 일찍 알았어야 했다

2

내가 사 준 지갑을 당일 잃어버린 애인을 두고 나는 걸어온 길 그대로를 뛰어 돌아갔지만 그런 건 길이 무엇인지 알 때나 가능한 일이었다 새 지갑을 사서 찾았다고 했다

3

아무도 없는 극장이 영화보다 더 아름답다는 생각을 누구에게도 들키고 싶지 않았지만, 들리지 않게 된 관객들의 감탄사를 대신할 약간의 아름다움은 필요했을 것이다

4

매운 김밥을 먹었다

5

엄마가 도시락 대신 싸 준 은박지를 잃어버렸지만
나는 찾을 수 없다고 쉽게 장담했다

6

노란 모노륨 위에서 누이는 더 이상 그림을 그리자고 하지 않았고 면사포를 쓰기 전까지 한 번도 웃지 않았다 새 아이들이 태어난 집을 갑자기 처분했을 때도 대수로워하

지 않았다 나는 누이의 웃음이 떨떠름해졌다

6

폐품으로 걷어 갈 줄 알았던 신문지로 교실을 닦으며 콘크리트와 친해지기도 싸우기도 서로를 되찾기도 하던 날, 차가운 바닥에 엎드려 열심히 그렸고 꽤 잘 그려 왔는데 결국 혼자 남은 곳에서 나를 아무도 응원하지 않았다

1

가끔 행복했는데, 그러면 안 되었다

아 좀 더 적극적으로

후진하던 닷지에 끼어 죽은 선임병과 태풍 글래디스에
깔려 죽은 고향 집 아파트 경비원과 자기 손에 목 졸려 죽
은 대학 동기가 우리 집에 들렀다 가면, 다 잡은 장수풍뎅
이를 추억 밖에 놓아주곤 에이 씨 내가 얼마나 많이 도망
쳐 왔는데 여길 어떻게 알고

물론 우리는 운이 좋아서 이렇게 아직 살아 있고 별일
없으면 대체로 또 깨어날 테지만, 우리가 그런 거 꼭 고
마워해야 되나 치사하게 꼭 그런 거 자백받아 놔야 되나

딱히 반기지 않는 눈이 내리고
젖은 발보다 뼈가 더 자주 차가워질 때
재수도 없이 갑자기 떠난 이들을 본다
내가 바래다 준 사람과 나를 바래다 준 사람과 내가
어디까지 같이 발을 뗄 수 있는지
아는 것과 잊는 건 같은 마중이어서
새것처럼 와서 헌 신을 신는 겨울이
단체 인사말처럼 지루하다

수십 년 만에 크리스마스 장식을 사려다 공짜로 뚝 뚝
떼어 주는 반짝이를 더 받아 가며, 돈 아깝게 이런 걸 왜

샀냐며 수십 년 후의 가족에게 퇴박을 먹을 때, 추억은 현
미경으로도 안 보이는 화학반응임을 알고
　　우리는 우리의 더 좋은 용융점을 위해
　　꺼지랬다가, 추억했다가, 이제는 천국에, 천국이라니

　　태어날 수 없었던 아이들과
　　비참하게 으깨진 어른들이
　　누가 운 좋은지 싸우거나
　　누가 운 나쁜지 싸우거나

　　그런 나의 나라 뒤편이 어느 쪽인지는 모르겠지만
　　세상에 자꾸 찾아와 의미가 무너지는 잠꼬대에
　　안녕, 아 좀 더 적극적으로 안녕

마흔

내 무릎 위엔 화석이 있다
나일론 발을 많이 가진 벌레가
내 젊은 걸음을 움켜쥐고 굳어 갈 때
더 많이 만들지 못했던 내일들이
녹슨 공터의 흙을 만진다

다시 뛸 수 있게 된 이후엔
가슴이 잘 뛰지 않게 되었지
모난 자갈밭 머리에 도착하면
피떡이 된 양말을 바라보던 저녁이
꿈에서 심장의 안부를 묻는다

화석은 값어치가 별로 없단다
그런 건 너무 많아서, 우리는
눈부신 망상 속 어둠을 캐내 올 것
나는 내일 속에서 피어올라
결국 쇠를 삼키는 녹과 같을까
그렇게까지 부식된 해를
올해 처음 보았다

제2부

도유리

돌아가신 할머니가
할아버지 봉분 옆에 걸터앉아 있다
한 세대가 잡초 가시에 찔리며
먹어도 그만, 안 먹어도 그만인 식사가
몇 번이나 더 차려질지 궁금해한다

소나무가 된 동생에게 건넨
부모님 잘 모시라는 형의 말에
못 갚을 부채처럼 퍼지는 햇빛

나는 아무것도 준비가 안 됐는데
준비된 사람은 있었을까
슬퍼 다행한 일뿐인 이들이
양갱이 포장을 까던 날

알 방법이 전혀 없는 것처럼

저녁은 한번 닫히면 열리지 않는 문에 여러 개 달린 손잡이 같다 플라스틱 공구함에 무슨 먹을 게 있다고 이리도 곰팡이가 앉는지, 환공이 관중을 중용하고도 왜 면목도 없이 굶어 죽었는지 궁금한 6시가 노쇠한 해를 아직도 데려가지 않는다 봄 오겠네, 유통기한 지나기 직전의 결명자 봉지를 꺼내 들고 그렇게 많은 물병과 식기를 적셔도 떫다고 아무도 입 대지 않는 집을 향유처럼 피워 올린 적 있다 시력에 좋다는 차를 마시고 올해 처음 오는 이상기온의 누른빛을 바라본다 할 줄 알던 것도 이제껏 해 온 것도 없이 건계가 지나가면 할 게 없어지는 우계와 그래서 더 길어질 다음 건계가 그다음 번호표를 뽑고 곡우쯤의 긴 그림자에 가 앉았을 것이다

온통 땀과 오물뿐인 얇고 지저분한 주머니들을 위해 세간은 항상 복잡한 구조로 몸살을 앓아 왔을 테니, 그보다 더 복잡한 화학식의 알약이 다 녹을 때까지 나는 잘 살기도 했고 못 살기도 했던 천장을 바라보다

바라본다, 비닐하우스 같은 지붕 아래 오래전 죽은 자들의 율법만 강요하는 아버지들과 가만히 있는 게 차라

리 돕는 거라고 온 가계를 병풍 세우는 어머니들과 가만히 있는 방법 말고는 아무런 도움을 모르는 늙은 아이들이 전혀 평등하지 않은 시간으로 끌려가는 과정, 주보에는 없는 복음 말씀 뒤에서 누군가는 그걸 사랑으로 여길 수도 있을 거라고 짐작해 본다 12음계도 17음계도 있는 이국의 현악을 종일 틀어 놓는 집 앞 요가원이 라가 음악의 화성에 대해선 알 리 없는 것처럼, 우리는 서로가 아무리 그리워도 너와 내가 누구인지도 모르는 것처럼 알 방법이 전혀 없는 것처럼

그래서 괜찮아, 다 괜찮았다 사랑,처럼 반대말이 없는 단어로 모름, 하나를 더 찾았다고 생각하는 순간, 못 살던 천장이 내게 오늘은 우선순위 단어장을 덮어도 좋다고 말했다

지극히 정상이었지만

나는 알고 있었다
주말 기숙사에 맥주와 치킨을 반입하다
사감에게 걸려 줄방망이를 맞아도
시킨 대로 시험 범위만 미련하게 외워
중간고사 성적만 겨우 방어하고 있어도
그런 건 모두 정상이었지만 둘이 하나일 때는
비정상이어야 하던 곳, 그런 미성년의 겨울을
나는 새마을호 레일에 깔아뭉개고 서울로 왔지만
힘 좀 쓰는 척하며 헤게모니 잡던 것들은
기를 쓰고 우정을 과시하면서
아무도 연락하지 못했다 제 후배들에게
서울 올라가서 터 닦아 놓겠다고 떠들던
아이들이 제 꿈만큼도 일어서지 못할 걸
나는 다 알고 있었다 예술을 하겠다고
수천씩 돈을 뿌리면서 정작 시간은 투자하지 않던
친구가 마흔이 넘도록 백수로 사는 모습을 보면서
왜 도전하지 않느냐고 물었지만
나는 사실 다 알고 있었다
아무도 정상이 아니었지만, 비정상인 건
나뿐인 것 같았다 백 군데를 천 군데를

떨어져도 또 내고 또 쓰고 다시 덤비면서
그중 작은 하나를 이룰 때마다 쌍욕을 들으며
노력이 뭔지 배운 적도 없는 이들이
노력밖에 남지 않은 이들을 무너뜨리는 게
그렇게 쉬운 일인 줄 몰랐을 뿐

가정용 잠수함을 개발해 라면을 잔뜩 싣고
엄마와 탐험을 가려던 나만 정상이었다는 걸
나는 진즉에 다 알고 있었다

글루코사민

취미가 등산밖에 없던 아버지가 무릎이 아프네 무릎
이 아파, 하며 읽기 어려운 이름의 연고를 무릎에 문지르
고 있었다 나는 그런 연고 같은 게 무슨 소용이냐고 용인
에 사는 선생에게 침 맞으러 가시는 게 어떠냐고 했고 아
버지는 그런 침 같은 게 무슨 소용이냐고 연고만 발랐다

대화한다는 것은 점점 더 공감에서 멀어진다는 뜻이었
고 공감하기 위해선 말을 끝내야 할 때가 있었고 그런 끝
은 점점 늘어만 갔다 아버지보다 먼저 반월상연골을 해 먹
은 아들의 말이 미덥지 않겠지만 평생 남의 말 들은 적 없
이 모든 걸 지키려다 눈도 귀도 어두워진 아버지 말 또한
미덥지 않으니 우리의 말과 발의 등판력은 모두 못 미더
운 쪽으로만 걸음을 옮길 것이다

왔던 길을 돌아갈 힘이 없어 택시를 탄 적 있다 돌아
가기 위해서 걸음을 멈춰야 할 때가 있고 그런 시간이 늘
어날수록 허벅지도 마음도 가늘어져만 간다 글루코사민
이 필요해, 저렴하고 양 많은 제품을 알아보는 밤이 이
미 알약을 두 주먹씩 쥔 채 헛배 부른 능선을 끙끙 넘어
가고 있었다

쌔리삔 이야기

    여기도 이리 큰 종합병원이 있네 장례식장도 있는 거 보니까, 하는 말에 백병원이네 일산 백병원, 하고 대꾸하니 그는 장사 잘되겠다고 했다 그 장사는 장사일까 장사(葬事)일까 생각하다 둘 다일 거라 믿으면서, 우리 큰외삼촌도 나 다섯 살 때쯤 부산 백병원에서 돌아가셨는데,라고 말하려 그만두고는 백병원이 인제대학교 의과대 병원이지,라거나 설립자 이름이 백인제라서 백병원이라던데,라고 말하려 그것도 그만두었다 부산 백병원 옆에는 외할머니가 살았고 외할머니가 평생 대원이는, 대원이는, 하다가 몇 십 년 후에 아들 만나러 갔다는 이야기는 하면 뭐하나 싶어 그만두었다 장사 잘되겠다던 그가 아버지를 일찍 보내고도 늘 보내지 못한 채 사는 걸 알기에, 그 말에 피식 웃으려던 것도 그만두었다

    간만에 아버지 집에 갔다가 아버지 없는 아버지 집을 떠올렸다 군대 갔다 온 후 내가 왜 말수가 늘었다 다시 줄어가는지 알 것도 같았다

당리동(堂里洞)

기름층을 도려내다, 돼지고기에서도
암 같은 게 있네 아직은 무사한 가족이
수육이라도 삶자고 할 때, 모두가
습베 쪽에 더 가깝다는 걸 알 때
날은 잘 들어야 오히려 안전하지, 괜히
암 덩이를 만들고 그걸 또 도려내면서
돼지 냄새는 싫다는 서슬이 있다

앞집이 사별하고 뒷집이 다 날리고
옆집이 갈라서고 아랫집이 안됐고
염증이 아프고, 더 아파, 널리고 널린 얘기
고통을 나누면 배가 된다는 듯, 엄마
아픈 소리 그만 좀 하라고, 나도 힘들다고
어느새 현관을 쳐다보지도 않는 말

그것은 할 말 없어진 세상과
가진 게 없어진 내가 함께 지르는 소리
인 줄 알았는데
할 말 없어진 세계보다 할 말 없어진
나도 엄두가 안 나는 것들

44

우리 집은 원래 어디일까
집이란 무엇일까
모두가 힘들다는데 이런 세상에서
글이나 써 미안해요 그런 내가
아들이라서 미안해요

복개된 사하(沙下)
폭탄머리를 한 아이 하나가
늙은 가족들을 따라온다

교룡의 날

—

　얼음이 덮이겠지 잿더미 위에도 어린 꿈들과 늙은 골목들은 언제나 같은 편이었으니 옛날 옛날 아주 먼 옛날부터 저물수록 뜬눈만 키우는 망치질 소리가 책상 너머로 울려오면 신도 들 수 있는 기중기들을 보던 뱀이 산 아래 구름을 뿜는다

　어제 개발지 암반에서 커다란 이빨이 나왔대, 세상을 한 바퀴 감고 있는 뱀이 말뚝을 삼키며 우리가 잃어버릴 짐들을 한 번 더 감싸는 것을 본다 소용없어, 바이킹처럼 소리쳐도 뱃사람처럼 죽어도 아무도 막을 이 없는 밤 속에서 너의 망치질은 아이들이 사인펜으로 그린 문신 같다

　영웅이 한 트럭 있어도 악마 하나가 버거운 그런 영화를 본 날 우리 집은 산 중턱에 있었고 믿을 구석 없는 밤이 내렸고 밤들이 모이면 믿을…… 구석을 믿을, 믿을 구석을, 믿을

　요르문간드, 얼음 속에서 따뜻해진 쇠못을 만지는 우리는 기중기로도 옮길 수 없는 신의 쇠망치가 필요했을 뿐인데 요르문간드, 전설 밖에서 너는 텅 빈 답안지만 토한

채 소용없이, 소용없이 시공업체가 버리고 간 삽날처럼 붉
게 괴사해 간다

가장 큰 오점처럼

　대체 장가는 언제 가냐는 물음이 문간에서 신열을 앓으며 뒤꿈치에 구둣주걱을 쑤실 때 '안 갈 건데요'라는 신중하고 단호한 대답이 하루의 무사하던 귀를 후비면, 아무도 쉽게 만날 수도 없고 만나서도 안 되는데 만나지도 않는다고 혹은 아무나 만난다고 퇴박만 놓던 저녁이

　그런 게 가족이라며 이해,라는 단어에 대해 다시 이해하려 하는데, 가르친 대로 혹은 배운 대로 남 탓도 않았고 놀지도 않았고 나쁜 비관도 않았고 헛된 낙관도 하지 않았지만 끝내 자라지 않는 것만이 정답이 되어 가는 내가

　가장 큰 오점처럼 당신의 목에 걸린 가계가 매번 시기를 놓치는 것을 볼 때마다, 정답처럼 아이들이 철들지도 않다가 자라지도 않다가 이제 태어나지도 않는 세상엔 아무도 이해시킬 수 없는 일만 나돌고 있으니

　아버지를 평생 이해하지 못한 아들과 그를 평생 이해시키지 못하는 아들의 아들이 이유를 모른 채 살던 집이 더 이상 이사를 가지 않아도 되었을 때, 누울 자리를 찾아

　아무도 떠나지 않는 꿈을 꾸고 일어났을 때, 나는 나 혼자만 떠나왔음을 알고는 그걸 숨기는 방법만 읽어 온 곳으로 돌아가 몰래 울기만 했는데 아무도 모르면서, 몰라도 다행 알아도 다행인 세상이었는데

과도

　더위가 더위를 깎는다 내가 싫어하는 과일만 더 달게 익어 가던 일요일이 교과과정에 포함되어 간다 장난감을 돌려주지 않았다고 현관에서 매를 맞은 날 싸우지 말라고 옥상은 한낮이 어지른 열기를 밤에게 되돌려주었고 아무도 감사히 받지 않았다 갑자기 머리엔 아무 모자도 맞지 않아

　어질러진 방은 불안하고 깨끗하게 마른 집들은 서로가 불안할 뿐 잘 깎은 과육을 연필로 찍어 올리면서 은밀하게 먹어야 했던 나이와 혼자만 힘을 잃었다고 생각하는 가정이 스스로 힘을 잃어버린 세상을 아랫목에서 지켜볼 때, 상하기 전의 껍질에선 식물의 창자 냄새가 났다 견딜 만했고 그래서 나는 과도,라는 단어를 좋아했고 여름은 내가 좋아한 과도함과 지나침 어디쯤 자제력을 잃은 채 매를 들고 있었을 것이다

　나는 전조등에 까맣게 들러붙은 여름의 체액을 닦는다

삼촌사우루스

공룡 뼈를 실제로 보는 게 일생의 꿈인 적 있다 세상 참
좋아졌네, 속에 영감님 들어앉은 듯한 말을 뱉으며 내가
박물관에서 수십 센티짜리 이빨들을 보았을 때 처음 느낀
건 감탄이 아니었다 우리가 조용히 뒷걸음질친 건 전체를
더 잘 보기 위함이었을 뿐이지만

사실 저것들의 후손은 악어 도마뱀이 아니라 새였대,
그럼 큰 닭 같았겠네, 화석에서 새와 같은 발성기관이 발
견되었다는 설명 앞에서 우리는 더 이상 크르렁크르렁 포
효하지 않았다 저 커다란 몸으로 짹짹짹 혹은 꼬꼬댁 울
었다니, 그런 말 한마디에 환상이 무너지는 일은 슬픔인
지 다행인지 성장인지 아직도 모르겠지만

조카가 검지 중지만 내밀고 깨금발로 걸으며 티라노사
우루스 흉내를 낼 때, 나는 어느덧 초식 용각류처럼 리얼
하게 기어 도망칠 줄 알고 잡아먹을 줄도 먹힐 줄도 알았
다 삼촌이랑 공룡이랑 싸우면 누가 이겨요? 대답 대신 파
키케팔로사우루스가 서로 헤딩하는 얘기를 해 주자 감히
육식이던 조카가 배를 뒤집으며 웃었다

여단 본부에서 사망자가 나왔을 때, 벌써 몇 번째냐며 온갖 귀담이 돌았다 초병 근무 중 귀신 나타나면 어떻게 하냐는 후임병의 물음에 목의 경동맥이 어디로 지나가는지와 급소를 한 번에 끊어 내려면 어디를 어떻게 공격하는지에 대해 얘기했다 후임이 뒤집어지며 웃었고 그 이후로 전역할 때까지 아무도 안 죽었다 현실의 웃긴 점은 현실성뿐이었다

대박이

뼈 식기 전의 발을 문밖에 담근다 오래 멈춰 선 석탄공장처럼 흙장난을 치며 너는 더 높은 위도에 있어, 고름이 멎지 않는 발로 겨울을 밟는 너를 오줌 누이며 거기 흙을 덮는 상상을 했다

창밖의 입김이 만성절 바구니처럼 호박색으로 빛나는 것을 보며 너는 가끔 엄마, 하고 불러 댔다 엄마, 그곳 담벼락에 서서 내가 떠난 집을 지켜보는 게 보이나요, 나는 고구마를 쪘다 한 주먹씩, 한 주먹씩 아름다운 너의 구토가 등을 떠밀었을 때처럼 서로,라는 말은 책임지지 않는 것 깨끗하지 않으면 입에 대지도 않고 자기가 뱉은 것은 쳐다보기도 싫은 반죽처럼 우리는 우리를 닮은 예비 먼지에 향기로운 칼질을 하면서 작은 석관묘 속에 내리는 더 작은 눈을 기다렸다 엄마, 쳐다볼 수 없는 눈이 언제까지고 우리를 쳐다보는 것이 보이나요, 어두운 다리를 건너갔다 다시 건너오는 것도 나였는데 네가 언제부터 깨금발로 걸어 돌아오는지도 몰랐는데 우리는 같은 방향으로 면목 없는 손발을 누인다
다시는 볼 일 없을 줄 알았던 지독한 안개가 섬모를 꿈틀거리며 첫 추위를 잡아먹고 뱉기를 반복할 때, 너는 가

장 차가워진 다리를 숨겼고 내가 알아볼 리 없었다 나는
나보다 먼저 데워야 할 것들을 찾으며 구토했다 생에 가
장 싫은 일은 덮어야 할 담요가 축축해져 있는 것,이라고
잘 동여진 네가 말했을 때 나는 그제야 얼음과 솜털을 같
이 뚝 뚝 떼어 댔다

눈 내리는 가랑이 사이에서 우리는 다시 오지 말자고 했
고 네가 알아들을 리 없었다

수박 세일

문을 두드릴 손이 없는 건 내려놓을 삶이 없기 때문이었을까 수박이 수박 제철보다 먼저 오듯이 사람들은 서로의 표면만 두드리며 가격에 입맛을 맞춘다 한방에서 수박을 서과,라고 부른다고 써져 있어도 나는 평생 그렇게 부르는 사람을 본 적이 없다 아무도 잘 익은 소리를 들어 본 적 없어도 모두가 그 무거운 저녁을 기를 쓰고 들었다 놓았다 한다 뭘 가져가도 맛있다고 했고 어떻게 골라도 잘못 짚은 맛, 그런 게 차라리 재미있다고 말할 여유만 남긴 채 우리는 문 앞에서 또 다행한 하루와 약간의 내일을 두드릴 것이다 소파를 등받이 삼아 바닥에 앉아 프랑스 혁명과 기요틴에 대한 다큐멘터리를 본다 모든 과일은 먹고 체했을 때 그 해당 과일의 껍질을 벗겨다 달여 마시면 가라앉는다고 했지만 과일을 체할 만큼 먹어 본 사람은 아무도 없었다 주독으로 갈증 날 때도 효과가 있다고 했지만 어느샌가 아무도 술을 마시지 않았다 과일을 깎을 때면 요즘 물가가 너무 올라서,라는 말을 무조건 들을 수 있었으니 나는 오늘 왕의 수급을 모시고 온 기분, 오히려 꼭지가 시들어 있는 것이나 배꼽이 작은 수박이 당도가 높다는 얘기를 뒤늦게 떠올렸지만 어디서 봤는지 도무지 기억나지 않았다 붉고 끈끈한 물을 걸레질하면, 하루가 한 시대처럼 넘어갔다

냉암소의 날

너를 되찾기 두려울 때
서로 지겹게 껴안았던 길들이
하얗게 내게 삿대질했다

겨울은 마른 선인장을 계단 밖에 내려놓기

쉽게 얼지도 녹지도 않는 나를
전부 못마땅해했던 너를
골목에 끌어다 놓기

낮부터 철교가 수표 쪽으로 날아가면 짧고 무거운 눈이
해맑게 내리고 내리다 말고
비둘기들이 어디에서 죽을까를 함께 궁리하듯이
네 미간처럼 구겨진 자동차가 겨우내 가라앉는 걸 보았다

저녁이 저녁에게 끌려간다
굳어지려는 날씨는 굳은살 속에서
어디가 가려웠는지 몰라서
네게 들고양이 밥처럼 던진 밤들이
멀리만, 멀리만 미끄러진다

요절

지금도 나만 아는 죽음이 있다
당신 딸보다 더 어려진 시간 속
그 무채색 미소에 평생을 인사하던
한 영정, 옆에 영정, 옆에 또 영정

팔 수 없어야 추억되는 것들은
물건뿐이 아니어서, 추억되고 싶어서
요절이 가장 멋있어 보이던 우리에겐
자살 같은 게 꿈인 때도 있었는데
어떻게든 아등바등 살고 싶은 건
단지 두려워서였다,는 걸 알고
아무것도 고맙지 않을 때가 있다

이제는 죽는 게 대안도 못 되는 시절
그만큼 우리의 끝을 저당 잡고
사고, 쓰고, 얼마나 버려 왔는지

지겹도록 슬픈, 슬프도록 지겨운
소식을 또 듣는다 생전에 알지도 못하던
조문객들이 앞다퉈 당신을 사러 올 때

잘 몰라야 팔 수 있는 건 아직도 많다

아무도 가 본 적 없지만
밑천 거덜 난 길, 이젠 무엇으로
새 짐을 꾸릴 것인가

제3부

땅강아지

찬비에 다 쓰러져 있었다
목화 싹이 그렇게 생긴 줄 몰랐어
노랗게 오른 나는 아무것도 못 살렸다
네 위에서 너를 일구며
여름 구경도 못 한 떡잎들이 달아나는 걸
보았다, 처음엔 다 그래
처음의 대부분은 마지막 같아서

씨를 뺀다 조면기도 없이, 재미있게
기어 나온 땅강아지를 밟으며

어린 땀을 쓰다듬는 저녁이
짓고 싶던 이불을 편다

기상특보

―

일어나 보니 나무가 더러워져 있다
언제부터 이렇게 됐을까
나는 나무가 더럽다고 했다

어떻게 나무를 더럽다고 할 수 있지
나는 나무를 키우면서 갑자기
자연을 사랑하지 않게 되었다
그들은 부정적 수사와 부가의문문들에
낙인을 찍었다 심은 사람의 묘지는
도굴되는데 나무는 더러우면 안 되는데
나무는 무엇일까

태풍은 초당 물 수십만 톤을 증발시켜
그 수증기가 물로 환원될 때 나는 열로
힘을 유지하는 거래, 아아 그렇구나
그들은 나무를 다투어 파먹었고
그렇게 싼 배설이 나무를 다시 더럽힐 때
나오는 말들로 그 힘을 유지했다
모두가 선량하고 거룩한 가운데
― 죽는 것은 나무뿐일까

더럽다고 말할 뻔했다

뭐가 무서웠을까

태풍이 올까

서로의 좁은 등을 긁으며

1.

모든 저녁엔 멍이 든다 죽은 책에서 울혈,이라는 단어
에 밑줄 그으며 핏빛은 색채가 아니라 질감이라는 것을 배
웠던 방의 떨켜층, 귀한 단풍이었는데, 서로의 좁은 등을
긁으며 아직도 사라지지 않는 전신주들이 이고 있는 것들
은 회상이 아니라 꿈이었는데, 나는 있었던 적 없는 연인
과 헤어진 골목 풍경을 맑은 빨강으로 물들이곤 했다 일
기예보 속에서 지난해 여름은 관절기로 왔고 이번 겨울은
타격기로 온다

2.

아픔을 노래하는 최신곡의 노란 저작권을 떡잎처럼 주
워 들고 너는 신발로 바닥을 털었다 질그릇 가게 앞에 서
있었던 너는 함께 흙을 좋아하지 말았어야 해 그렇게 안
료의 많은 빨강과 안료의 많은 잿빛 아래에서 깨진 그릇
하나 찾지 못하던, 그래서 더 간절한 줄 알았던, 너는 이
곳에 왜 왔지

3.

상한 바람이 아가미를 떨던 동해, 동해는 죽으러도 가고 나으러도 가는 곳이잖아 삶은 뛰어드는 쪽보다 변명하는 쪽에 가까운 것 같아서 우리는 웃기지 말기로 했다 생선 머리들이 가득 찬 봉지가 귤피처럼 물드는 도로변을 바라보다 너는 비싼 저녁에 묽은 술을 타면서 네가 무슨 술맛을 알겠냐고 눈물 같은 침을 흘리고, 나는 환멸만 생선 대가리처럼 함께 버릴 수 있다면 그날 빈털터리로 돌아와도 좋았다

4.

거리에는 무거운 진실, 우리의 글과 질감에는 무거운 농담뿐인 곳에 태어나 그 반대를 그리워하는 일은 수당을 받을 수도, 그만둘 수도 없는 몸살처럼 추웠는데, 병보다 주사가 더 아픈 각자의 밤을 아무도 건너지 못하는 저 현수교가 영혼처럼 가소롭게 흔들렸다
가자, 고맙게도 나는 나의 새해를 비웃는 버릇이 생긴다

축사를 찾다

—

돌아가는 밤엔 축사가 보이지 않았지만
늘 분뇨 냄새가 코를 뚫었다
우리는 함께 구토했고 혼자 대가를 치렀지만
이곳 가까이서 주문을 받고 피로한 다리를
주무르는 안부들이 가끔 궁금하기도 했다

있을 리도 없을 리도 없으니, 없는 척 마
나는 선한 척 말라고 하려다, 축사를 찾는다

너는 어디 있지, 갑자기 연락되지 않는 것보다
멀고 먼 곳의 안부보다
가까운 곳의 안부를 묻기가 더 힘든 한낮이
더 번거로운 저녁으로 꺼져 가는 곳에서
버스 바퀴가 책임 책임 흔들리며

가장 오래된 식탁에 폐기물 딱지를 붙이다
뭐가 웃긴지 몰랐던 옛날 영화를 보며 꺽꺽대다

누이가 기저귀를 갈면서 구토했다
너처럼 외계, 같은 말을 쉽게 쓰기 싫어

길이 없는 쪽으로만 가고 있었다

그런 적 없는데

이모는 너에게 시집가라 했지
너는 부자니까,라고 말했지 나는
더 할 수 없을 만큼 해 주었을 뿐인데
소문만 무성한 곳에서 나는 혼자,라는 말들 위에 집을
짓고 무너뜨리길 반복했다

넘어진 사람을 발로 차며
너는 두 발로 서 있음을 잊는데
모두가 무너져 있는데, 나는 멋진 방만 보았다

너는 늘 아프다고 했다
보통 아픈 사람은 괜찮아,라고 하지
연도 아닌 연은 연보다 더 질기게 베갯머리를 밟으며,
아파
아프다고

설거지를 했어, 잠이 안 와서
내가 할 수 있는 가장 깨끗한 일
오직 그릇만 깨끗해지는
너의 내일이 무너져 내리기를

한 번도 그런 적 없는데
그런 적 없어서 나빴다
그릇들이 무너져 내렸다

건기

사막에 갔었다지, 그토록 벼르던 모래와 모래 사이에서
뭐든 내가 좋으면 되는 거지,라고 너는 말했고 그래도 되
는 세상이었고 나는 나만 좋을 순 있어도 나만 좋은 세상
은 그려지지 않았고 너만 좋고 싶은 너는 사막에 갔었다지

별 많이 보고 육식 많이 하고 돌아오는 여행 오랏줄처
럼 다시 열심히 돈 모으는 그런 여행 모래와 모래 사이에
아무것도 없다는 걸 간혹 멀리서 확인해야 할 필요도 있
었을지 모르니

말도 침묵도 원래 우리 것이 아니었고
이기만이 우리 것이던 때부터
죽을 염치가 없는 자들은 할 일이 있다

사막을 잊기 위해 사막을 갔다지 낙타 등에서 양젖을
먹으며 너는 실용적이고 화려하게 고독했다지 망상도 꿈
도 잘못이 없지만 그걸 구별 없이 꾸는 자는 건기의 이름
으로 땅을 밟는다 곡식이 못 자라는 게 모래의 잘못은 아
니니, 너는 그래도 되는 세상

우리는 뱀과 전갈을 밟을 수 없는 발로 태어나 하루도
지샐 수 없는 곳을 걸었고 누구의 신발로 여기까지 왔는지
잊는다 네가 비행기에서 내렸을 때 눈과 코에 훅 끼쳐 오
는 습기 앞에 순식간에 사라지는 사막 같은, 그런 여행을

저서성

꼼치 한 마리가
이불을 쓰고 얼어 있다
형체를 유지하기 어려워
고기라 부를 수도 없는 살로
어떻게 너설을 기어 왔을까

아픔은 안 되고
알아서도 안 되는 것이어서
전화로 들리는 안부를
믿지 않는다 일 년 내내
환절기였으니
계절은 감기와 같아서

약이 없으면 떨어지지 않는
몸이 있고 살이 있고
흐물흐물한 문밖이 있다
물을 데워 마시고 누워만 있던
며칠 밤이 또 무리하지 말라고 할 때
알겠다는, 괜찮다는 웃음만
콧물처럼 뼈에 흐른다

받아라, 바다

　짠바람을 마시던 입이 바다,라고 입 벌릴 때 과거는 젖은 잠을 그린다 스프링노트를 끼고 누운 바다의 팔이 사다리를 놓았고 우리가 쌓아 온 겨울이 무너진다 그 집 벽, 아가리 닳은 삽자루 하나가 아이처럼 서 있을 때 가진 것 없이 버리는 일만 익숙해지는 하늘이 썰물 위에 터진 봉투를 굴린다 하얀 거품이 너를 삼킨 날 우리는 눈을 녹였고 그전에 가장 받고 싶은 선물은 던져진 삶과 건져진 죽음,이라고 푹 젖은 침상에 써 놓았었다 쓸데없이 맑기만 한 눈이 있었어 비질 소리가 아침의 무른 뼈를 흔들 때까지, 죽은 바다가 아직도 몸을 뒤척이는 골목에 오줌발 같은 새벽을 쏟는다 받아라, 바다 냄새가 나, 잠든 어깨가 생시보다 더 아픈 때가 있었으니 꿈은 꾸는 것이 아니라 참을 수 없는 것임을 바다에서 알았다

오로라를 보러 가려던

＿

너는 어디 있을까, 꿈만 꾸면서
어떤 결별이건 내 탓이 아니어야 했던
모든 게 가난한 때로 돌아가
아직 헛꿈을 꾸는 나는

자전거 불빛이 칸델라인 줄
갱도 속 너의 얼음을 비추는 줄 몰랐어
밟을수록 시려 오는 사람이 있어
이번 겨울은, 저번 겨울은 그리고
각자의 겨울은, 언젠가

오로라를 보러 가려던 사람에게
오로라가 없는 하늘을 끝없이 선물하던
사람에게, 사라진 지 오래된 별에게
천정과 극점 사이에 손을 뻗는
밤이 밤에 도착해 있다

아직도 칸델라를 비추며
거기 있어? 얼음 속에서 헛꿈을 꾸는
나는, 하늘의 착한 별은

＿

그 지겨운 입 좀 닫자

아무것도 없던 흙을 밟으며
나는 조용히 아가리를 닫고
꿈을 꿔서 미안하다고 했다

너는 오로라를 못 보았지만

좌부동자에게

내 꿈은 안락사,라고 되뇌어 보았다
살았다,는 건 내가 타지 않을
모든 차표를 끊는 일, 사라진
들보 위에 물 하나 떠 놓는 일

손끝부터 심장까지 다 아프다면서
왜 내버려 두었냐고 더욱 화를 내듯이
여긴 올 곳이 못 된다고
태어나지 않은 아이를 다그치듯이

안락하게 너는 떠났길, 그 믿음이
따뜻한 이불 속에서 방법 없이 아플 때
잠 속에서만 더 많이 자라던 보풀들이
지금은 없는 곳에 굴러다닐 때

밥은 넘기다가 아직도 사랑은 한다 쓰다가
명부에서 이름을 지우는 퇴원
당신은 당신을 만났을까 항상
삶보다 더 긴 추억을 따라가던

하얀 유기견이 나를 올려다본다
길에서 내가 완전히 사라질 때까지
거기 있다, 맑아서 버려야 할 이곳엔
아무도 살아 있지 않은 밤이 있다

산 11-6

어찌 됐건 곧 인류는 남아 있지 않을 테니, 하고 생각하
면 그뿐인 오후였다 진입하려고 잠긴 문을 뜯다 신발 밑
창이 찢어질 때까지 노파 둘이 벤치에 그렇게나 오래 앉
아 있었던 줄 몰랐지만 다음 삶과 남은 삶끼리는 물어볼
일도 대답할 이유도 없었던 걸까 댁이 어디신지도 없고,
이제 손주도 없는데 할머니가 뭐냐는 반문만 남은 건물이
겨울의 알을 고개 위에 슬어 놓는다 떠난 것인지, 진짜 떠
난 것인지 묻지 못한 아이들은 미래의 희망이자 채무자들
이니 나처럼 총각도 아저씨도 못 된 인부들이 우무질 끈적
한 폐교를 대답처럼 대신 치우러 오기야 하겠지만, 우리는
반쯤 부서진 벽에게만 단방향 전송으로 너희는 도대체 뭘
했느냐고 끝도 없이 무전 치게 될지도 모릅니다

휠체어가 펼쳐지지 않는다 녹슨 경첩을 밟으면 백내장
낀 늙은 개가 캑캑거리는 곳에서 나는 그렇게 고요한 기
침을 본 적이 없었다 유모차에 아기보다 더 아기 같은 강
아지가 실려 가는 걸 보면서 모든 강아지는 죄가 없지, 생
각하며 그 착하고 커다란 바퀴를 인류 없는 천국에 버렸다
미화원들이 더 이상 올라오지 않는 곳, 미화는 추한 세상
에 놓는 진통제 이름 같고 청소가 되어야 할 곳은 거리 위

가 아니라 거리 자체였을지도 몰라, 배달에 찍어 줄 주소
지가 없어 직접 세상 끝으로 내려가 먹던 짜장면 맛은 영
원히 기억하겠지만 다음 생이 없는 운세는 볼 필요도 없
다던 곳에서 김치 냄새가 올라왔다

능

—

　벚나무가 눈부시게 너덜거린다 가지마다 따가운 옛날들이 몸을 떨고 바람으로 돌아간 몸들이 다시 나무로 돌아온다

　진심이 되어 보는 시간은 삶 이후에나 있고 우리는 능히 서로의 끝이 되어 바라보는 꽃, 개화와 개화와 개화와 개화는 모두 떠밀려 왔다 떠밀려 가는 비유였지만 우리는 늘 냉해 입은 꽃눈처럼 찾아왔다 누구도 충분하지 못할 만큼만 맑고, 눈뜨기 싫은 만큼만 궂은 지루한 연극이 있었다

　향수는 사후의 전경(前景)일까

　나무에서 태어나 나무로 끝나던 네가, 이곳에 살았던 네가 저곳에서 죽었던 내게 보인다 갈라진 계단 틈들이 무성한 볕들을 주워 모을 때 나는 거기 아직 깃들어 있는 것일까 디딜 몸도 없는 세상에 쏟아지는 햇빛을 보면서, 버린 손과 쥔 적 없는 손이 서로를 더듬어 쥐던 때를 떠올리며 되도록 화려한 꽃잎을 기억하는 이유를 묻는다 한때 내 책장이던 대지의 이름으로, 이름이 아닌 집으로, 집 아닌 이름으로

　너의 발걸음 뒤에서, 나는 그곳에 살던 꿈을 꾼다

신을 벗고 가지 아래 발을 묻으면
아지랑이는 아지랑이일 뿐
봄은 봄이 아닐 뿐

뜨거운 바람은
더 그리울 것 없어서 좋다

문향

─

못 보던 향을 선물 받고
나더러 빨리 가라는 뜻이냐고
함께 낄낄대며 잘 웃기도 하다

혼자 남아 다시 불붙이면
그 향내 한 들숨에, 내가
대체 무슨 말을 한 걸까

사람이니 두 발로 걷지 그럼
사람이니 아프지 그럼, 관절처럼
마음도 굳어 가던 노인의 방에
더 굳어 버린 아이가 있었다

처음 듣는 이름처럼 무심히
재를 떨구는 향대 위를
후, 후, 자꾸만 불어 대면서

농담처럼 참 많이도 떠났네
진담만 긴 허물을 벗는 밤이
참 빨리도 타고 있었다

─

긴 숨은 장마처럼

긴 숨은 장마처럼
젖어서 온다, 밤과 널 볼 수 없어
절상과 어울리는 침상은
엎지르기 전의 물잔은
아무도 걷지 않는 커튼과
내 뜨거웠던 도가니와
네 벌어진 솔기는, 그리고 비는
돌아가기 어려운 쪽으로만 아물었다
왜 이제 왔어
왜 아직 여기 있어
부러진 가지들을 이어 붙이는 계절을
가을이라고 부르고 싶어
터진 옷에서 터진 옷으로 갈아입는
우리의 밤은 꺾이지 않았어 그렇게
주여 주여 주여,를 외치며
충분히 쓰게 웃던 입술의 꿈이
뼈도 없이 창가에 서 있다

제4부

테디베어가 웃는다

통통한 손끝으로 안녕
열 개였던 돌기들이 재봉선 안으로 박음질된 곰돌이를,
나는 다시 만날 수 있어

터진 실밥들을 불가사리처럼 천천히 뒤집어 재활 병동
의 묽은 죽을 찍어 먹으며 침대가 일으켜 세운 허리가 어
디까지인지 몰라 낑낑대는 친구를 양어깨로만 반기는 테
디베어, 웃기만 하는 착한 입꼬리가 침을 흘린다

그래, 그래 테디베어는 어깨와 가랑이만 움직이지 기
저귀 찬 테디베어 너는 착하게 혼자 고개를 돌려 창밖도
볼 수 있지
그래 부우우우웅 해 보자 부우우웅
우우으으으으응 우으응

그가 선바이저 밖으로 보았을 빠른 세상이 창밖으로 좀
더 빨리 달린다 이제는 더 단단한 풀 슈트 속에서
우우으으으으응 우흐흥
어린 딸 손 위에서 그가 콧소리로 웃는다 꿈인 것처럼
테디베어

테네리페

요즘 밤낮이 바뀌었어,라고 하면
어디부터 어디까지 낮인지
종일 졸리기도 하면서, 한때 우리였던
우리는 환한 밤을 오래 걸어와
발신만 있고 수신이 없는 통화들을 본다
누가 더 여유로운지 자랑하려고
누가 더 바쁜지 자랑하듯 너는
아무나 마시는 커피를 아무나 쥐지는 않을
잔에 따르고, 갑자기 손잡이를 놓친다
대답을 듣지 않기 위해 하는 말이
대답을 위해 하는 말보다 많아질 때
낮이란 건 원래 없었어 내가 너를 불렀을 때
우리에게 밤이 생겼을 뿐
말은 어디까지 말인지, 도대체 저런 건
누가 데려온 거지, 그런 소리만 들리며
바빠서 다행이다가, 다행인 것 같다가
다행이 뭔지 되물으려다가
누가 널 엎질렀는지 아무도 모르는 한낮
하필 안개가 꼈네, 여보세요
울음 먼 새끼를 꿀꺽 삼킨 어미 오리가

가까운 한강을 미리 멀리 간다

겨울잠 밖에서

커다란 두꺼비가 으깨지는 걸 본 날 나는 차에 치이는 꿈을 꾼다 네가 누군지 모르고 알 이유도 없지만 최소한 나와 친하려고 죽은 게 아닌 건 알지만 두껍아, 막을 수 없는 악몽은 희미해질 때까지 너를 깬 눈으로 바라보는 일

살아 혼자였던 네 친구가 늘어 간다 이듬해 봄을 정리하던 이들은 그곳에 아무도 없지만 두껍아, 멋대로 지은 네 이름
너는 아름다웠어야 해
헌 집이 새집에 손을 넣는다 어서 친했던 척하자, 아무도 추한 삶보다 멋진 죽음을 원친 않으니

두껍아, 두껍아 잡초란 뽑히지 않는 풀 같아 나는 모든 게 생명이라는 채식주의자의 말을 들으며 아침저녁으로 돌멩이를 삼킨다 새집에 잡초만 무성한 너는 깨지 않는 게 나은 걸까

물었다 뱉은 민달팽이가 더 끈적해진다 개화 시기와 우기만 잘 맞는 곳으로 벚꽃을 보러 가자 두껍아 오늘을 담보 잡힌 연체동물처럼 지루하게 질척이는 우리에겐 오늘

의, 오늘의 하며 다 닦아 버린 내일마저 뭔가 없으면 안
되겠지만

아무도 문제 삼지 않던 맛이
이제 씻기지도 않는데

뻐꾸기

＊

죽은 석학의 시체를 파내 말 위에 태우고
우리는 뒤에 숨어 그 진물을 잘도 빨아먹었다

＊

대학에서 내가 배운 유일한 기술은 질책을 피하기 위해
스스로를 먼저 거세게 질책하는 것뿐이었다

＊

글을 쓰는 건 실패하는 과정,이라는 말을 질리도록 듣
고

모두는 성공하는 꿈만 꾸며 이불 속에서 발버둥 치는데

＊

유명해지고 싶다,고 대놓고 말하던 사람들이 가장 무명
한 방법으로 최선을 다하고 있었다

실패를 팔아서 성공할 수 있다고 생각하는 건 성공적
인 실패일 수 없지

＊

철들면 노망이라더니
나는 노망이 나고 싶었다

＊

가진 것 없이 미움 받는 경우 — 나를 털어 뭔가 건질 수

있을 줄 알았던 그들의 기대를 저버렸기 때문이거나 진짜
로 실패하고 있기 때문이거나

　　*

아빠 미안해요
얘야 네 항문은 네가 닦아야지

　　*

아이들이 종일 방을 어질러 놓고 아무 블록도 없는 구
석에 쭈그려 잠들어 있다

　　**

이불을 덮어 주는 것은 쉬웠다
아무도 방을 치우지 않았다

암순응

안압은 뭘 읽어도 떨어지지 않아

나는 서랍 속에서 편광렌즈를 만지작거린다 해를 등지고 어둠에 맞서라, 책은 칼을 갈듯 말했지만 내겐 등질 만한 명암이 없었다
석양은 광학적으로만 아름답다니
그림자 없는 등불이 있다니, 하지만 그건 네가 어둠에 순응했을 때만 켜지는 거야 세상이 내 목숨의 무게보다 무거운 줄 알았던 시절로, 빛이 부끄러운 수술대 뒤에서 옷을 여민다

무영(無影)이란 방향도 반향도 없이 침소를 도는 것
과부하된 어둠만이 추상(抽象)을 추상(錐狀)할 때
명부(冥府)는 명부(明部)를 쓰다듬었다 나를 등지고 누워라
너의 암부를 얘기하는 것이 가장 진보적인 믿음인 줄 알았다

나뭇잎 아래 숨어 있다 혼자 지치던 놀이가 있었으니
그것은 그늘에 대한 뒷담화
모든 제목처럼 책은 인간의 간상체가 달갑지 않다

렌즈를 닫는다 식은 장(膓)을 한칼 오려 낸 자리

시스템 동바리

행인들은 무슨 행사인지 궁금했지만 다행히 3단 지보공 위 안전 고리 없이 작업하는 이들을 볼 순 없었다

끓는 주전자에 손을 덴다 불이 왜 켜져 있었지? 흙먼지처럼 김이 오르는 우리의 입은 어느 쪽이든 거짓말이 좋았다 문드러진 게 내 손은 아니지만 참 안타깝네, 따뜻한 불은 다음 채널로 자리를 피한다

붉은 저녁놀이 사이렌을 울리며 먼발치에서 달려왔지만 왠지 아직도 달려오는 소리, 교통 상황과 사이렌이 서로를 믿지 않던 지점에서 주전자 물이 넘친다 불이 꺼지면 성벽 같은 구청 청사에 산업안전보건법,이라는 큰 폰트가 파이프 비계보다 더 크게 휘청이는데, 그런 걸 만든 사람들은 직접 동바리공을 연결해 보았을까

누구는 소파에 앉아 위험의 외주화를 말했고 누구는 목장갑을 끼고 현실의 경제학을 말했다 누가 꼰질렀지? 신시가지 현장사무소와 신문지가 서로를 구겨 던지는 소리, 들어오기도 전에 다 내쫓기는 집들이 끝도 없이 올라가고 있다

96

덴 적도 없이 일그러져 있으니
아무도 행정적으로 다치지 않았다

카우

모든 추위가 한곳을 집중해서 몰아치는 법을 배운다 무
릎으로 차는 법, 무릎을 차는 법, 아무도 견제하지 않다가
규제할 수도 없게 된 겨울이 지나면
아무에게도 성탄이 오지 않는다
내가 왜 가야 하는데?
관절 사용하는 법을 목을 매면서 가르쳐 놨더니 관절로
치는 법만 연습하고 있잖아
우리 외할머니와 할머니는 모두 관절 때문에 가셨는데

다리가 움직이지 않는다 버스 시동이 걸리지 않는다 어
느 입도 열리지 않는다 누구부터 탓해야 할지 모른다 아무
도 내리지 않는다 엔진 열 따위 금방 식어 가는 한파경보에

턱까지 차오르는 게 뭐지
턱이 나갈 것 같다

아무도 없는 촛대 옆 구유 모형에 아기 조각상이 있는
데, 대림절 기간엔 없었는데, 멜키오르와 발타자르는 있
는데 가스파르가 없었지만 그런 건 아무도 신경 쓰지 않
았는데, 그런 게 상관없는 쪽과 그런 걸 상관하는 쪽 중 누

가 맞는지 모르겠지만 네가 너만 있다고 해서 너는 네가
아닌데, 우리는 우리밖에 모르니 우리를 지킬 줄도 사랑
할 줄도 모르는데, 너희만을 위해 살던 삶을 존경하는 자
세를 취해 봐, 똑바로 좀 취해 봐

　무릎으로 무릎을 찰 수는 없으니

　촛불을 하나 밝히고 천 원을 넣지 않았다 잔돈이 없는
줄 몰랐다 땀이 다 얼어서 보이지 않았다
　세리를 위해 기도했다

잠수함

—

어려운 문제는 늘 무서운 거였다
다 알고 있어야 코를 베이지 않는데

메스를 어디부터 대야 할지 몰라
차오르는 복수에 진통제만 놓듯이
이미 세상은 발사 수심을 통과한 건지
일본 잠수함 속에서 원폭을 피했다는
할아버지에게 아버지가 아무 원망도 않던 건
원망할 여유도 없어서였겠지만

핵잠수함 하나 가동하는 매뉴얼이
오천여 권이라는데, 나는 배 한 대
움직일 줄 모르고

복수가 찹니다
죽어 본 적 없어 위로할 목숨도 없는
내려만 가는 선체 속에서
피아 식별도 어려운 바닷속에서
뭔지 모르지만 발사, 모르니까 발사
애먼 잠망경만 이리저리 돌린다

—

중력 새총

저승에 무게를 실어
삶을 밀어 올리는 불이
악습처럼 궤도를 잊는다
기억된 적 없으면서 깨닫긴 싫은
우리는 중력을 들킬 때마다
불같이 화를 내곤 했다 불은
한 번도 화낸 적 없는데 우리는
불에서 왔는데, 불은 나쁜 것일까
아직 안전한 곳에 몸을 지지며
따뜻한 위로를 건네는 일에
더는 소름 끼치지 않는
위로는 따뜻한 것일까 왜
따뜻한,과 위로,는 같이 다닐까
무거워진 행성이
곧 우리를 쏘아 낼 것도 같은데

Hard times come again no more

한때 사랑스럽던 털 조각을 나는 구청에 신고했다
고양이는 자신이 호랑이였던 시절을 결코 잊지 않았다

칼끝이 등뼈를 긁고 지나가는 소리를 들으며 사람들이
젓가락을 쥔 채 분홍빛 뱃살을 구경했다 입술을 뚫어 내고
지느러미와 비늘을 쳐내는 방법은 그만큼 사랑한다는 뜻
이었지만 네가 나의 창자를 사랑하진 않아도 괜찮아,라는
표정으로 월척을 들고 바다를 오래오래 사랑했다

우리는 길고양이 밥을 주면서 매일 차로 치었고 고양이
는 집 주변에 예쁜 똥을 남기고 다녔다 그건 사람이 고양
이를, 고양이가 사람을 각각 사랑하는 방식이었다 멀쩡한
길에서 사람이 찔리면 그게 외국이어서 그렇다고 했다 우
리나라에선 외국인이 그래서 괜찮다고 했다 내국인이면
우리 아이가 아니어서 괜찮다고 했다 어디가 괜찮은지는
아무도 말하지 않았다

한 아이가 사마귀가 너무 못되게 생겨서 머리를 떼었다
고 자랑스레 웃었다

기어를 바꾸며 과속을 일삼는 택시 기사에게 무서우니 좀 천천히 가자,고 하자 당신이 택시를 해 봤느냐고 내게 물었다 버스를 기다리던 현역병이 예비역에게 조롱을 당했고 눈자위 찢어진 복서에게 관중이 물통을 던졌다

말이 점점 아름다워진다 보이지 않는 칼 앞에서 다음은 우리 차례였고 그건 우리가 우리를 사랑한다는 뜻이었다

●Hard times come again no more: 흑인 영가. Stephen Foster.

저녁의 창자들

옥상 있는 집에 살고 싶어, 지붕에 올라갈 때마다 나는 내 키를 항상 잊어버렸다 한 치도 자란 적 없으면서 무난히 깨뜨린 기왓장의 수와 하나의 저녁을 함께 건너오는 골목과 늦은 방송의 목소리들만 기억할 때, 너에게 꺼내준 내 창자의 개수를 잊어버리고 내가 너를 찌른 횟수만을 말하던 네 그믐달 같은 입만 그려진 날이 종일 뭉쳐 있던 고개를 든다

흔들리는 것은 빨래뿐이라 믿었던 녹색의 기와 위로부터 우리는 아무런 의지도 없이 떠나왔고 옥상은 아직도 거기 있었다 수국 다발처럼 웃던 얼굴도, 키 이외엔 아직도 자라지 못한 채 굽어지는 나이도 모두 흑백필름처럼 어색해질 권리만 가진 채 갈변한 꽃잎을 나눠 갖는다 사람과 집과 골목과 저녁이 중요한 패를 하나씩 쥐고 웃으며 눈치를 보던 방에 앉아 나는 영원히 승부가 나지 않을 쪽으로만 훈수를 두었다 가죽만 남은 할머니의 손을 더 차가운 손으로 잡을 때처럼 나는 모든 게 다 좋다고 거짓말했지만 사랑한다고 말한 건 진짜였다 화환이 방을 한 바퀴 돌아나간 후, 다시는 켜지지 않던 등 앞에서 옥상은 나를 탓하지 않았지만 사람과 집과 골목과 저녁은 아무도 사과를 배운 적 없었다 명이 길다고 오래 살아남는 것도 끝이 있

다고 빨리 지워지는 것도 아니었으니, 나는 저녁 중의 층적운을, 너는 위상 중의 하현을 닮았으니 만날 수는 있어도 같은 곳을 바라볼 수는 없었다

옥상 위의 사람은 사람 없는 옥상처럼 있다 난 또 죽을게, 화투장을 놓으며 웃던, 모든 너는 그래서 너였고 어깨는 풀리지 않기 때문에 어깨, 행복은 불행할 여유가 없어 행복, 꾸들꾸들 잘 마른 저녁의 창자들이 허드레로 겨울을 가늠하며 시들기 전의 너를 장아찌 담글 것이다 흑백이 좋은 나이는 흑백이 싫은 나이, 그만 내려올 시간

남아 있는 볕

—

해가 다시 길어지지 않고
어두워도 켜지지 않는 거리
겨울이 가도 봄이 오지 않는다

밝아서 낮이 아니라
아무도 밝히지 않아서 낮이야
우리는 발가락을 꼬물거리며

다투어 불을 밝히는 건
불들이 떠드는 건 당연했는데
밤에도 입이 있던 때
벽에도 귀가 있는 때

아무도 말할 수 없어
남아 있는 볕에 오밀조밀 앉아
말 없는 벽에 감사나 하며

봄을 기다려선
봄이 오지 않았다

—

백목련

　모든 셔츠가 다 해지고 나서 새 옷을 산 적이 없다는 걸 알았다 입을 건 없는데 버릴 옷과 옷걸이만 많았다 청소기로 바닥을 밀고 또 밀어도 돌아서면 쌓이는 먼지들이 모두 어디서 오는지, 세탁소는 손님에게 그 많은 옷걸이를 그냥 주면서도 왜 늘 모자라지 않는지 몰랐다 부모님 댁 욕실에 실리콘을 다시 하고 와서 내 욕실은 고치다 포기했다 낙하하는 청소기에 엄지발가락이 터진 적 있어 무거운 건 창고에 넣지 않는 버릇이 생겼다 아버지가 심은 백목련 나무가 동사한 후에도 봉오리를 밀어 올리는 걸 보고 눈꺼풀보다 무거운 것이 꽃일 수도 있겠다고 생각했다 옥상에 올라가지도 않는 겨울, 올라가 내려오지도 않는 겨울, 뭘 먹었는지도 기억나지 않는데 재활용 봉투가 두 개나 차 있었다 이불 무게에 가위눌리곤 일어나 웃었다 벌써 고지서가 밀려들 날짜였다

침대가 비고도

—

그래, 내세가 없기 때문에 사람들은
온통 저승 이야기로 떠들썩한지 몰라
라는 말을 들으면 내가 함부로 말하던
무신론 같은 건 그냥 헛소리 같다

돌아가시기 전의 그들이
짧은 내 생각만큼 슬퍼하지 않는 건
곁에 있는 이들보다 먼저 가서
기다리는 이들이 훨씬 많아서일 거야
라고 생각하면, 죽고 나서 할 말이
너무 많을까 아무 말도 필요 없을까

말과 시각이 먼저 가고, 그다음 촉각
마지막으로 청각이 간대
나는 그의 이마를 짚으며, 그래도
끝까지 남는 건 체온일 거라 생각했다

손잡아 줄 날은 손을 놓는 날
천국은 있는 게 좋을까 없는 게 좋을까
유심한 물음에, 나는 슬픔만 없으면

—

그걸로 좋겠다 생각했지만

침대가 비고도, 답할 방법을 몰랐다

가능성의 중간 지대

박상수(시인·문학평론가)

1. (선택된) 모호함의 세계

첫 시집 이후 3년 만에 출간되는 이번 시집에서 "류성훈 시인의 첫 시집에는 그곳에 **다가가려 할수록 그 실체가 사라져 버리는 기이한 도착지** 혹은 **역설적인 과거의 시간이** 등장한다."[1]는 문장을 꺼내어 음미해 보는 일은 중요하다. 첫 시집이 보여 주었던 '우주를 유영하는 고독한 여행자'의 이미지를 되살리려는 것이 아니라 그때부터 지속되었던 또 다른 언어의 가능성과 결을 살펴보는 출발점이 되기에 그렇다. 예를 들어 "네가 애초 맞지 않는 잠옷의 다리를 자르려 했을 때 밤은 혀를 잃었고 나는 맛을 잃었지만 말은 얼었다고 생각했었다 이불 속 같은 바다에 빛을 보러 가기 위해 창틀에 말려 놓은 해를 나는 끝까지 못 본 척했었다"와

---

1 조대한, 『보이저 1호에게』, 파란, 2020, p.109. 강조는 인용자.

같은 문장을 읽을 때(『라디오미르』) 우리는 어떤 '불투명한 모호함'의 세계를 만나게 된다.

사실 독자는 '네'가 누구인지, 잠옷의 다리를 자르려고 할 때 왜 하필 밤이 혀를 잃게 된다는 것인지('잠옷'과 '혀'가 형태상 유사한 연상을 불러일으키기 때문일까?), 그 일이 왜 화자에게 맛을 잃고 말은 얻게 되는 상황으로 이어지는지 쉽게 판단할 수 없다. 이러한 판단중지의 상태에서 밤이 말을 하지 않게 된다면 오히려 '내'가 말을 얻게 되는 이미지는 상당히 독특하다. 기존의 문법 안에서라면 화자가 어떤 말을 내뱉음으로써 지금까지의 상황을 해석해 내고 의미 체계 안으로 안착시켜야 할 텐데 그럴 의지는 애초에 없는 듯 보인다. 화자는 "이불 속 같은 바다"(검은 밤바다)에 빛을 구하러 가는 듯 하다가(혹은 창틀의 말려 놓은 해를 도구로 이용하면 쉬울 일을) 끝내 거부하고 "끝까지 못 본 척"하는 쪽으로, 이 어둠을 밝힐 방법을 알고 있지만 실행하지 않는 쪽을 '의지적으로' '선택'한다. 문장의 불투명함이 선명한 해석으로 이어지지 않아 표면적인 모호함으로 이어지고, 알지만 하지 않는 행동 때문에 사물의 윤곽은 흐릿한 어둠에 머물게 된다.

바로 이 덕분에 류성훈의 시편들은 명확한 실체를 파악하기가 쉽지 않고 다가갈수록 (표면적으로는) 오히려 실체가 부인되고 사라져 버리는 효과를 만들어 낸다. 읽으면 읽을수록 몽환적인 우주 공간을 유영하는 기분에 사로잡힌다고 해도 좋으리라. 중요한 점은 이것이 시적 화자의 적극적인 의지를 통해 구현되고 있다는 사실이다. 마치 최선을 다

하여 이 세계가 명백하게 밝아지는 것을 막기 위해 노력한다고 할까. 바로 이 언어적 수행을 통해 류성훈의 시적 화자는 사물의 구별이 사라진 어둠 속에 머물러 있을 때만이 진정한 자유를 누릴 수 있다고 말하려는 것 같다. 낮의 경계가 지워지는 모호한 어둠은 오히려 파괴와 종합의 양극을 긴장감 있게 견디는 가능성의 중간 지대이다.

2. 불가능한 가시화의 추구

이처럼 '(선택된) 모호함'의 기원은 어디에 있을까. 류성훈 시의 특성상 단선적으로 그 배선을 구성해 보는 일은 어려운 일이다. 다만 이번 시집에 실린 몇몇 시편들에서 그 흔적을 짐작해 볼 수는 있을지도 모른다. 예를 들어, "모두가 힘들다는데 이런 세상에서/글이나 써 미안해요 그런 내가/아들이라서 미안해요"(「당리동」), "어려운 문제는 늘 무서운 거였다/(중략)/핵잠수함 하나 가동하는 매뉴얼이/오천여 권이라는데, 나는 배 한 대/움직일 줄 모르고"와(「잠수함」) 같은 문장은 특이하게도 현실의 화자가 경험하는 어떤 무기력함을 우회하지 않고 시집 전체적인 관점에서라면 예외적일 정도로 선명하게 지시한다. 최선을 다해 읽고 쓰는 삶을 살아가지만 자기 노동에 대한 정당한 대가를 돌려받지 못하고 살아야 하는 글쟁이의 생활 감각이라든지 핵잠수함은커녕 배 한 대 움직일 수 있는 기술도 알지 못하는 스스로의 무용성에 대한 자각은 어쩔 수 없이 현실적인 비애를 거느린다. 또한 "대체 장가는 언제 가냐는 물음이 문간에서 신열을 앓으며 뒤꿈치에 구둣주걱을 쑤실 때 '안 갈 건데요'라는 신중하고 단호한 대답이 하루의 무사하던 귀를 후비면"과 같은 구절에서는 현실에 존재하는 남성이라면 장가를 가야 한다는 (아마도) 가족의 말에 단호한 목소리로 "안 갈 건데요"라고 대답하는 시적 화자를 만날 수 있다(「가장 큰 오점처럼」). 이렇게 보자면 류성훈의 시적 화자가 느끼기에 이 현실은 의례 해야 할 일들이 '명백하게 존재'하는 세계이다.

문제는 누구나 익히 '보편'이라고 여기는 이 현실의 명백함이 억압적인 질서로 다가올 때다. 그 체계 안에 거주할 수 없는 사람, 혹은 거주 의사가 없는 사람은 어떻게 해야 할 것인가? 주목해 보아야 할 지점은 이런 질문의 순간에 시적 화자가 앞선 저 문장에 바로 이어 **"아무도 쉽게 만날 수도 없고 만나서도 안 되는데 만나지도 않는다고 혹은 아무나 만난다고 퇴박만 놓던 저녁이"**와 같은 '선택된 모호함'의 영역으로 언어의 활동을 이어 나간다는 점이다(「가장 큰 오점처럼」, 강조는 인용자). 아무도 쉽게 만날 수 없고 만나서도 안 된다는 자기 규율 위에 만나지 않는다고 혼나고 아무나 만난다고 다시 혼나게 되는 외부의 이중 구속까지 겹쳐지면 화자로서는 진퇴양난의 미궁 안에 던져지게 된다. 여기에는 시적 화자의 올곧고 강직한 윤리 감각 또한 존재하는데, 그렇다면 도대체 어떻게 하란 말인가. 류성훈의 독특한 지점은 저 진퇴양난의 미궁을 사물과 세계의 근본 질서를 리셋시키는 자신만의 미학적 상상력의 세계로 뒤바꾸어 놓는다는 점에 있다.

①

서로가 서로로 있는 건 긍정할 수도 부정할 수도 없을 때
뿐, 나는 아무것도 몰라서 다행이었는데 당신은 어쩌면 그
렇게 모르는 게 없을까

—「발등으로 걷기」 부분

②

우리가 인식을 갖기 훨씬 이전부터 달은 있었으니 (중
략) '난 아무 데도 가지 않는단다 너희 모두가 내 품에서 사
라질 때까지는'과 같은 따뜻한 말이 이제는 감히 엄마,라고
부를 수도 없는 살결처럼 심야전력으로 비추지 못하는 곳에
하얗게 서서 보이지도 않는 조도로 살아 숨어드는 게 보여

—「낙민동」 부분

①의 문장이 흥미로운 것은 서로의 존재를 '있는 그대로
인정'할 수 있는 경우란 게 긍정도 부정도 할 수 없을 때라
는 점이다. 무슨 말일까? 잠깐 우회하자면 사실 언어 체계
가 의미를 만들어 내는 기본적인 방법이 바로 이분법이다.
'남/녀', '위/아래', '행복/불행'이라는 기표들의 이항대립적
인 체계 속에서 어느 한쪽을 선택해야 명확한 의미가 발생
하는 것이다(어느 한쪽의 극단으로 가야 차이에 기인한 의미는 더욱
선명해진다). 그러니까 원래 이 세상이 이항대립으로 구성되
어 있다기보다는 언어 체계가 이항대립 안에서만 의미를
만들어 낼 수 있기 때문에 구조주의적인 관점에서라면, 인

간 인식의 틀이 이렇게 형성된다고 보는 편이 맞다. 그러나 '남/녀' 이항대립의 의미 체계 안에서는 둘 사이의 '간성(間 性)'은 쉽게 지워진다. '행복/불행'의 이항대립 체계 안에서 도 행복했다가 불행한 이행의 상태에 있다거나, 행복도 불 행도 아닌 것 같은 모호한 상태 또한 의미 체계 안으로 포 섭되기 어렵고 잘 설명되지도 않는다. 중요한 점은 그렇다 고 해도 이항대립 사이의 존재 혹은 이행의 상태가 부재한 다고 말할 수는 없다는 데에 있다. 쉽게 말할 수 없지만 분 명 존재하는 것들의 세계를 그리기 위해, 혹은 언어의 의미 있는 왜곡과 굴절을 통해서만 도달할 수 있는 어떤 세계의 가시화를 위해 류성훈의 미학은 발동한다.

긍정도 부정도 할 수 없을 때 서로가 서로인 채로 있을 수 있다는 문장은 이제 다양한 생각을 불러일으키는 아포 리즘으로 다가온다. 쉽게 상대방을 규정하지 않을 때(억압하 지 않을 때) 오히려 우리는 서로를 있는 그대로 바라볼 수 있 게 되는 것이 아닐까. 그러나 이 또한 상식적이고 부분적인 해석일 뿐, 류성훈의 시적 화자는 여기에 참조할 만한 해 석을 달아 두기보다는 아포리즘 상태로 열어 놓는 쪽을 선 택한다. 해석의 맥락은 풍요롭게 열린다. ②에서도 마찬가 지다. "난 아무 데도 가지 않는단다 너희 모두가 내 품에서 사라질 때까지는"과 같은 말은 자연스럽게 '모성의 이미지' 를 떠올리게 만든다. 그러나 그 뻔한 해석을 경계하듯이 시 적 화자는 바로 이어 "이제는 감히 엄마,라고 부를 수도 없 는 살결처럼"이라는 비유를 덧붙여 앞선 문장에 대한 모성

적 발화의 평범한 해석을 의도적으로 거부하고 이로 인해 상투적 돌봄의 가능성은 (표면적으로) 부인되는 것처럼 보인다. 그런 순간에도 어떻게든 '살결'의 자취는 희미하게 남는데, 바로 이때에 "심야전력으로 비추지 못하는 곳에 하얗게 서서 보이지도 않는 조도로 살아 숨어드는 게 보여"라는 문장을 덧붙임으로써 '살결'의 흐릿한 자취를 모성으로 한정 짓지 않고 단순한 의미 체계 안에 안착시키지도 않은 채로 마치 '살결'이 주어가 되어 '심야전력'으로도 비출 수 없는 불가능한 새로운 공간에 하얗게 서서, "보이지도 않는 조도"로, 어떤 '불가능한 가시화'의 상태로 존재하는 양상을 찰나의 잔광으로 보여 준다.

긍정("따뜻한 말")-1차 부정과 흐린 존재감("엄마,라고 부를 수도 없는 살결")-2차 부정과 더 흐린 존재감("심야전력으로 비추지 못하는 곳에 하얗게 서서")-3차 부정과 더욱더 흐린 존재감("보이지도 않는 조도로 살아 숨어드는 게 보여")과 같은 '부정의 부정'을 몇 겹으로 거친다고 정리해 볼 수도 있겠다. 이미지의 연쇄 사이에는 의식이 통제하지 못하는 무의식적 우연의 가능성도 다양하게 존재한다. 류성훈이 보여 주고자 하는 대상 혹은 세계는 이처럼 명백함과는 거리가 먼 어떤 것이어서 '(선택된) 모호함'으로써만 도달할 수 있는 것이다. 이 과정은 기존의 인식을 부정하거나 명백한 언어 체계를 반복하여 뒤집는 과정이기도 하여서 통념적 인식으로는 그만큼 쉽게 감각하기 어려운 세계이지만 그럼에도 불구하고 결국 '달' 혹은 '밤의 빛' 혹은 '특정할 수 없는 주체'는 없다고는 단정할 수 없는 방식으로, 이 명백한 것으로 가득 찬 세계에 분명 찰나의 이미지로 존재하고 있다. 가로등 밑을 지나가며 얼핏 본 것 같은 어떤 달빛의 이미지, 다시 돌아보면 흔적도 없이 사라진 것만 같은, 찰나로서만 존재하는 저 잔광들. 류성훈의 시적 화자는 바로 이 중간 지대를 조용하지만 다채롭고 풍요롭게 열어 두고 사물의 잔광을 웅성거리게 한다. 그의 안내를 따라 이 세계를 감각할 수 있게 된다면 우리의 삶도 훨씬 풍요로워질 수 있는 것이다.

3. 다른 가능성을 꿈꾸는 줄타기 곡예사

또 하나, 류성훈의 시를 읽으면서 인상적인 것은 현실의 미궁 앞에서, 그의 시적 화자가 성장을 멈춘 것처럼 스스로를 인식하는 지점이다. 예를 들어 "가르친 대로 혹은 배운 대로 남 탓도 않았고 놀지도 않았고 나쁜 비관도 않았고 헛된 낙관도 하지 않았지만 끝내 자라지 않는 것만이 정답이 되어 가는 내가"와 같은 구절을 읽다 보면 미궁의 현실감각 안에서 스스로를 자라지 않는 상태로 인식하는 화자를 발견할 수 있다(「가장 큰 오점처럼」). 그래서일까. 미래를 낙관할 수 없고, 혼자서만 자라지 않는 사람이 되어 버린 것처럼 느끼는 시적 화자는 과거를 향해 고개를 돌리고, 낡고 스러져 가는 옛것에 시선을 둘 때가 많다.

①
어찌 됐건 지금이 더 나은 삶, 왜

아직도 여기 서 있느냐고 물어도

돌아가신 외할머니 손만 붙드는 아이

이십여 년을 가던 중국집이

최고 흥행 영화의 배경으로 나온 후론

면발이 퉁퉁 불어서 나왔습니다

이젠 떠나지 않아도 된다 믿을 때는

가장 떠나야 할 때였습니다

아무도 없는 곳에서, 순간은 무슨

지나간 건 모두 찰나지,라고 말하며

나는 아무런 확신도 못 가졌습니다

—「왕표연탄」 부분

②

어찌 됐건 곧 인류는 남아 있지 않을 테니, 하고 생각하
면 그뿐인 오후였다 (중략) 미화원들이 더 이상 올라오지
않는 곳, 미화는 추한 세상에 놓는 진통제 이름 같고 청소가
되어야 할 곳은 거리 위가 아니라 거리 자체였을지도 몰라,
배달에 찍어 줄 주소지가 없어 직접 세상 끝으로 내려가 먹
던 짜장면 맛은 영원히 기억하겠지만 다음 생이 없는 운세
는 볼 필요도 없다던 곳에서 김치 냄새가 올라왔다

—「산 11-6」 부분

③

향수는 사후의 전경(前景)일까

나무에서 태어나 나무로 끝나던 네가, 이곳에 살았던 네가 저곳에서 죽었던 내게 보인다 갈라진 계단 틈들이 무성한 볕들을 주워 모을 때 나는 거기 아직 깃들어 있는 것일까 디딜 몸도 없는 세상에 쏟아지는 햇빛을 보면서, 버린 손과 쥔 적 없는 손이 서로를 더듬어 쥐던 때를 떠올리며 되도록 화려한 꽃잎을 기억하는 이유를 묻는다 한때 내 책장이던 대지의 이름으로, 이름이 아닌 집으로, 집 아닌 이름으로

—「능」 부분

①에서 시적 화자는 옛날 살던 동네를 찾게 된다. "색깔만 아름다워진 옛 피란민촌"이라든지 "그들이 새 삶을 꾸렸던 연탄방", "왕표연탄이 없어진 지가 언젠데"와 같은 구절들이 환기하는 것은 우리나라의 1970-80년대를 연상시키는 저 시절에 대한 그리움이다. 또한 여기에는 아마도 시적 화자의 부모 세대가 결혼 후 살림을 시작했던, 가난했지만 소박했던 옛 동네와 시절들이 퇴락해 가는 것에 대한 안타까움도 엿볼 수 있다. 그립지 않았다면 이곳을 다시 찾을 이유도 없다. 시적 화자는 분명 성장한 지금이 저 시절보다는 경제적으로 잘살게 되었음을 알고 있지만 알고 있다 해도 과거의 저 풍경들이 철거를 당해 쇠락한 흔적만 남아 있는 것을 보며 서글픔을 느끼지 않을 도리는 없는 것이다. 단골 중국집이 영화의 배경으로 소개된 이후 초심을 잃고 변질되어 가듯이 모든 그리운 것이 시간과 함께 쇠락해 간다는 것, 영원한 것은 없고 모든 것이 "찰나"에 불과하다는

인식이 "나는 아무런 확신도 못 가졌습니다"로 연결되는 마지막 구절은 인상적이다. 특히 시간의 경과와 동반되는 저 소멸의 감각이 '확신을 가지지 못하는', 즉 '불확실함과 믿지 못함'의 감각으로 연결되는 대목을 눈여겨보자.

이 불확실함은 다시 ②와 같은 시를 겹쳐 읽을 때 '자기 존재의 불확실함'이라는 감각으로 이어지기도 한다. ②에서 화자는 "배달에 찍어 줄 주소지가 없"다고 인식한다. 이것이 실제 경험의 반영인지 시적으로 재구성된 공간 감각인지 알 길은 없지만 중요한 것은 시적 화자가 자신이 거주하고 있는 장소에 대해 불확실하다고 느끼는 저 선명한 감각이다. 그의 주소지는 이 세상의 체계에 등록이 되어 있지 않고, 그런 이유로 "세상 끝"에서도 더 바깥에 존재하고 있다. "산 11-6"이라는 지명에 걸맞게 공간적으로는 "세상 끝"보다 더 위쪽의 고지대에 위치해 있다는 것은 화자에게 비관적인 미래 감각으로 이어진다. 물론 반대로 비관적인 미래 감각 때문에 자신의 공간적 위치가 세상의 바깥에 있다고 여길 수도 있겠다. 이런 상황 속에서 "다음 생이 없는 운세는 볼 필요도 없다"라든지 "어찌 됐건 곧 인류는 남아 있지 않을 테니"와 같은 비관적인 미래 감각이 등장하는 것은 자연스러운 일이 된다. '불확실함과 믿을 수 없음의 감각'은 류성훈의 시편들 저류에 흐르는 중요한 세계 이해의 감각이다.

여기서 다시 앞서 첫 시집의 해설에서 "역설적인 과거의 시간"에 대한 언급이 있었던 점을 상기해 보자. 이 구절을 꺼내어 보는 이유는 류성훈의 시에서 과거는 과거로 끝나지 않는다는 점에서 역설적인 효과를 만들어 내기 때문이다. 과거는 과거에 그치지 않고 현재도 현재에 그치지 않는다. 그는 마치 과거와 현재를 함께 살아 내듯 현재의 풍경에서 과거의 풍경을 겹으로 출연시킨다. 여기서 참조해 볼 만한 글이 바로 디디-위베르만의 이미지론이다. 디디-위베르만은 '이미지의 변증법'을 이야기한다. 여기서의 변증법은 헤겔의 변증법이 아니라 벤야민의 변증법을 뜻한다. 헤겔의 변증법이 종합을 추구하는 운동이라면 벤야민의 변증법은 종합을 거부하는 운동이다. 헤겔은 차이들을 종합의 단계로 묶어 내며 결국 차이를 무화시키지만 벤야민은 오히려 종합을 중지시키고 종합 이전에 머물며 차이들의 가능성을 타진한다. 벤야민이 말하는 변증법적 이미지란 결국 '예전(과거)'과 '지금(현실)'이 만나는 '긴장과 모순이 가득한 몽타주'의 현장으로, 분해와 재조립을 동시에 포함하는 '줄타기 곡예사의 기예'와 같은 것이다. 디디-위베르만은 벤야민의 저 이미지론을 계승하여 반딧불의 불빛처럼 아주 작고 보잘것없는 이미지가 예전과 지금의 충돌 속에 시대착오적인 유령처럼 나타나는 순간은 아주 찰나이지만 바로 그 찰나의 경험이 지금 현실에 영향을 끼쳐 예상치 못한 또 다른 사건과 시간을 열어 보일 수 있는 계기가 된다고 생각한다.[2]

---

2 조르주 디디-위베르만, 김홍기 역, 「옮긴이 해제—그럼에도 불구하고 이미

이렇게 보자면 류성훈의 시편들이야말로 예전과 지금이 만나는 긴장과 모순으로 가득 찬 시적 몽타주의 현장이다. 그렇다면 평범한 서정시로 보이는 ③과 같은 시를 읽는 독법도 조금은 달라질 수 있다. ③에서 화자는 "나무에서 태어나 나무로 끝나던 네가, 이곳에 살았던 네가"라고 호명하며 '너'를 불러들인다. 옛 왕릉에 앉아 벚꽃이 휘날리는 풍경을 보면서 상상을 펼치는 것으로 보이는 이 작품 속에서 '너'는 아마도 '벚꽃'처럼 읽힌다. 그런데 '벚꽃'은 마치 과거의 오래된 존재성을 지금까지 간직한 채로 지금 '내' 앞에 등장한 것처럼 그려진다. 예전과 지금이 뒤섞이고, 이렇게 되면 '벚꽃'은 단순히 이번 계절의 새로 피어난 꽃이 아니라 피고 지고를 반복하며 오랜 시간 연속적으로 존재성을 이어 온 이미지로 변모한다. 게다가 "저곳에서 죽었던 내게 보인다"는 구절 때문에 시적 화자가 마치 능 속에서 한 번 죽었지만 다시 살아 지금 이곳의 현실을 살아가는 '나'와 겹치면서, 예전의 영광은 다시 살아나게 된다. 오랜 개화의 역사를 반복해 온 '벚꽃'의 두터운 존재감은 이제 긴 시간의 겹침 안에서 풍요롭고 감동적인 사건으로 변모한다. 바로 이러한 대목에서 류성훈의 시적 화자는 '불확실함'과 '믿을 수 없음'의 감각을 오히려 존재의 두터운 가능성으로 전환하여 기억을 적극적인 상상력의 차원에서 확장시키고 있는 것이다.

지를 말한다는 것」, 『반딧불의 잔존』, 도서출판길, 2012, pp.169-177 참조.

"버린 손과 쥔 적 없는 손이 서로를 더듬어 쥐던 때를 떠올리며 되도록 화려한 꽃잎을 기억하는 이유"는 속절없는 시간의 파괴력 앞에서 닳고 쓰러져 쇠락해 가는 과거를 미적 상상력의 차원에서 회복시키고 명명백백한 세계의 질서에 틈을 만들어 다른 가능성의 차원으로 밀어 넣으려는 시적 화자의 적극적인 의지의 결과물이라고 바꿔 말할 수도 있겠다. 이제 "한때 내 책장이던 대지의 이름으로, 이름이 아닌 집으로, 집 아닌 이름으로"와 같은 구절은 시적 화자가 능의 주인이 되어 능을 휘감아 화사하게 피어난 벚꽃의 풍경을 자신의 책장 위에서 일어난 아름다운 이름으로, 다시 집으로, 다시 집인 것 같지만 같다고 할 수 없는 이름이라는 '(선택된) 모호함'의 영역으로 발명하여 기입하려는 행위라고 말해도 좋으리라. 대지와 이름과 집, 능과 벚꽃과 이곳의 '나'는 서로 충돌하고 미끄러지고 몽타주되며 산발적으로 빛나고 결코 종합되지는 않는다.

류성훈은 미궁과도 같은 현실 속에서 미궁의 위상을 미학적 상상력의 중간 지대로 전환하려는 치열한 노력을 수행한다. 모호함과 불확실함은 류성훈의 시 세계에서 아름다움의 다른 이름이다. 물론 이 과정은 번민과 자책과 실망을 경유하고, 그는 솔직하게 그 과정을 드러내기도 한다. "유명해지고 싶다,고 대놓고 말하던 사람들이 가장 무명한 방법으로 최선을 다하고 있었다/실패를 팔아서 성공할 수 있다고 생각하는 건 성공적인 실패일 수 없지"라고 강직하게 말하지만 바로 이어서 "철들면 노망이라더니/나는 노망이 나고 싶었다"는 문장을 덧붙여 철들지 않는 자신을 비애 속에서 응시하기도 한다(「뻐꾸기」). 아름다움을 포기할 수 없는 사람들이 시인이 된다. 그러나 아름다움은 아름다움으로만 존재하는 것이 아니라 무수한 실패와 좌절을 동반하기 마련이다. 그럼에도 찰나의 아름다움 속에서 성공과는 거리가 먼 실패의 길을 걷겠다는 의지가 번뇌하며 시를 쓰는 자로 여기 남게 한다. 이 모든 과정은 파국과 죽음을 무릅쓴 외줄 타기와 같을지도 모른다. 디디-위베르만은 이미지를 구성하는 요소로써 '예전'과 '지금'이라는 이질적인 두 관점 이외에 세 번째 요소를 말한다. 바로 예전과 지금을 몽타주하는 '응시'이다. 응시가 없다면 예전과 지금의 겹침과 충돌, 몽타주가 어떻게 가능하겠는가. 그의 말에 다시 한번 기대어, 비유적인 차원에서 류성훈의 시적 화자를 언어의 분해와 재조립을 수행하는 기예를 통해 가능성의 몽타주 혹은 가능성의 중간 지대를 펼치는 줄타기 곡예사라고 말할 수 있지 않을까. 하지만 시인은 어느덧 이 덧없는 명명조차도 기쁘게 빠져나갈 것이다.